目录 CONTENTS

拎着微笑前行　　/001

诗的远方　　/003

插上梦的翅膀　　/005

遥远的地方　　/006

挥霍的青春　　/007

我的路　　/009

我在不远的地方等你　　/011

当你不再年轻　　/013

舍不得　　/014

等不回的你　　/015

不朽的精神　　/016

初恋的泪　　/018

善良的人性　　/019

我和你的诗　　/021

读懂自己　　/022

我还是哭了　　/023

如果下辈子遇见　　/024

痴迷的情　　/026

温柔的风　　/027

我和你诉说　　/028

跨年　　/029

无怨的爱　　/030

我不愿说和你再见　　/031

一个梦的夜晚　　/032

爱是人类的财富　　/033

远游的我　　/035

拥抱后的流浪　　/036

感谢你来过我的世界　　/037

思念把狂风骤雨抓起　　/038

青春里的歌　　/039

嫣红的岁月　　/041

青春的爱　　/042

追梦的脚步　　/044

诱惑　　/045

感谢磨难　　/046

旅途　　/047

我的泪在哭　　/048

长叹　　/049

嫁给爱情　　/050

孤独的永恒　　/051

我的歌　　/052

千古之泪　　/053

世界的荒丘　　/054

远走的寂寞

YUANZOU DE JIMO

毕宽玲 著

江西高校出版社

JIANGXI UNIVERSITIES AND COLLEGES PRESS

图书在版编目（ＣＩＰ）数据

远走的寂寞/毕宽玲著. ---南昌:江西高校出版社,
2020.7（2022.2 重印）

ISBN 978-7-5493-0957-3

Ⅰ.①远…　Ⅱ.①毕…　Ⅲ.①诗集—中国—当
代　Ⅳ.①I227

中国版本图书馆 CIP 数据核字（2020）第 118526 号

出 版 发 行	江西高校出版社
社　　　址	江西省南昌市洪都北大道 96 号
总编室电话	（0791）88504319
销 售 电 话	（0791）88522516
网　　　址	www.juacp.com
印　　　刷	天津画中画印刷有限公司
经　　　销	全国新华书店
开　　　本	700mm×1000mm　1/16
印　　　张	12.25
字　　　数	80 千字
版　　　次	2020 年 7 月第 1 版
	2022 年 2 月第 2 次印刷
书　　　号	ISBN 978-7-5493-0957-3
定　　　价	49.00 元

赣版权登字 -07-2020-596

红尘路上　　/055

流失的那个梦　　/056

原来的我　　/057

远走的寂寞　　/058

旧念　　/059

飘过的云　　/060

孤独跋涉　　/061

沉静的脱俗　　/062

心静如水　　/063

同学情　　/064

沧桑的年华　　/065

寂寞　　/066

来世的相约　　/067

那个曾经　　/068

走过相约　　/069

雪中诉说　　/070

等风等雨等你　　/071

爱的苍凉　　/072

醒过醉过　　/073

如果没有爱过　　/074

我与冬天共舞　　/075

梦的开启　　/077

北京去上海的路上　　/078

无情的情人　　/079

如今的缘　　/080

欧洲的日子　　/081

时光的麦浪　　/083

独行　　/084

逆流　　/085

失落过　　/087

夜的忧伤　　/088

同路人同路梦　　/089

梦里的呼唤　　/090

一路西北　　/091

我的世界　　/092

吻过　　/093

如果你回眸　　/094

我们的生命　　/095

时间的缝隙　　/097

遥远的爱情　　/099

一个人走路也很精彩　　/100

雨夜　　/102

捞起太阳　　/103

醉在避暑山庄　　/104

夜的梦醉了谁　　/105

天长地久与谁随　　/106

生命的眷恋　　/107

你与我擦肩而过　　/108

唱着谁的歌度过　　/109

月光　　/110

虚伪　/111

途　/112

寒冰　/113

倾诉　/114

我哭过　/115

初恋的甜蜜　/116

孤独泪　/118

静坐　/119

守候　/120

放飞自己　/121

初见的记忆　/122

初恋让心碎过　/123

走丢的你　/124

等你的时候　/125

天亮　/126

曾经来过　/127

你走的时候　/128

塞罕坝的歌　/129

秋月　/130

冬天的思念　/131

开拓者　/132

人生的可能　/133

一头小牛哭了　/135

一昼夜　/136

呼唤　/137

思念　　/138

冬天　　/139

回旋　　/140

半截的女人　　/141

不能忘记老地方　　/142

迷恋　　/143

永远的痛　　/144

雨水陪着泪　　/145

爱的声音　　/146

心中的土地　　/148

女人　　/150

相遇　　/152

拥抱　　/153

婚姻真诚　　/154

婚姻线条　　/155

婚姻杂质　　/156

笔尖上的疯狂　　/157

泰山五岳之尊　　/158

故乡的炊烟　　/160

欧洲行　　/162

他等她　　/163

精神的家族　　/165

维也纳之旅　　/166

爱的远方　　/167

两个人　　/168

远去   /169

唤醒沉睡的生命   /170

清晨阳光   /172

托起快乐   /173

飞翔的翅膀   /174

春天的太阳   /175

那一天   /176

叹   /177

生命交融的爱   /178

晨曦   /179

爱的瞬间   /180

年轮的寻觅   /181

访牡丹   /182

胭脂泪   /183

凄美   /184

一夜梦   /185

拎着微笑前行

两个嘴角上扬

微笑着走路向前方

微笑着仰头正视人间苍凉

微笑着面对生活的起伏跌宕

所有的过去沥干水分

放上一缕清香

去掉悲怆

把痛苦和忧伤扔掉

翻过希望

在瀑布倾泻而下的激流中

艰难跋涉千万丈

坠落谷底

也要用那勇敢的力量

把微笑捡起

定格在你前面的路上

虽然生命跌跌撞撞

傻傻的样子哭诉悲伤

也要把缀满笑容的

阴霾面纱撕掉

站起来

走向前进的路上

微笑面对大笑的感觉

你会发现其实很简单

面对微笑沐浴阳光

让微笑把旋律扣响

走路的姿势

也会把田间地头的微笑摆放
让微笑跟着白云飘荡
世间百态把痛苦的面容憔悴
扔向大海随着波涛滚浪
把微笑抛进天空怒放
伴随着双鹤飞舞
白羽乱缀
嘴角衔叼着微笑张扬
微笑吧
不要忌讳生活的
那些曾经的委屈和诽谤
拎起微笑
让世间万物的花朵奔放

诗的远方

诗的远方
不如说今夜无眠度思量
把诗里的摸爬滚打的声音
联结着那种内心深处
难以自禁的感情窥藏
掖着言喻表露迷茫
那缠绵的情话
诗和远方驾乘着空间
穿梭在世界的喧嚣
繁华落尽后的
牵挂转载幸福的盼望
诗的远方联结着诗的梦想
时间显得那么荒凉
无人的街上
遇到诗人一样的惆怅
诗的远方你把诗情画意的爱
放在走廊
变成了两个相爱的诗人
静静相视的地方
诉着那妙语无声
让醉梦卷帘相望
又把诗的梦放在天上
让风轻轻吹拂打起行装
把爱放入水中荡漾
让雨淋湿的泪
落在你的身上

那是爱奔跑的模样
诗的远方诗的梦想
待到春暖花开时
把相逢相聚的月亮
变成销魂艳遇的浓妆

插上梦的翅膀

给梦插上翅膀
飞向我思念的远方
不知道是否
在山的一角和你相望
静静地坐着
等待着四季盛开的年月
把你的牵挂
留给我爱你的心房
默默地陪伴着你
就让那未开满花朵的花瓣
用腮红裹得满满的黄
缀满沧海的沙浪
带上吻过后的彩虹图案
吹起一缕缠绵的声响
缓缓飘落在想你的地方
那是梦的翅膀在飞翔
站在你的身边
把头轻轻依偎在你的身上
用手摸摸你的忧伤
你在何处躲藏我的梦乡
我骑上梦的翅膀
向着你住的方向
我们坐在天空
摸着星星和月亮
拥抱南方的夜色
拥抱北方的月光

遥远的地方

遥远的地方走在爱的路上
春天的花朵
牡丹亭园的花瓣的芳香
我的心游离在遥远的时光
不知天的色彩
还是大地宁静后的缕缕炊烟
升起的景象
我每天都在望着窗外
那遥远的地方
因为那里有我
喜欢春天里的绽放
温暖的气息拥在我的脸上
留下的泪痕
勾勒出了自己美好的愿望
把思念的梦放在一起
放上永久珍藏的时光
带走曾经的流浪
相爱后的今天
把春天盛开的花朵
送给我爱过的彷徨
我的爱
当我想你的时候
把春天点亮
让夏天百花齐放
把大地走出国色天香

挥霍的青春

青春
在光阴指尖缝里
不经意地
把容颜流失得不堪回首
那浪漫的色彩
把青春的梦幻
演绎得淋漓尽致
捏着青春的期待
等着奋起的努力
年复一年日复一日
怀揣着那未知的思索
属于自己拼搏的精神
青春逝去了
那是无法找回的金缕白驹
浪费的时光
孤独的寂静
那是悚然的芳龄
歌声和爱情
随风而动的风铃
摸不到眼泪走过的路程
黄金把时光遗忘的角落
撑起一片黑暗
粉碎了那片
失恋过后的苍穹
哭啼的故事
把整个青春泥泞

无法打碎谎言欺骗的梦

消失的曾经

走得那么坎坷荆棘

血红的源头

荒废得悄无声息

把那骄傲的青涩

走得那么匆匆

无法找回那迷人的彩虹

望着流失得一干二净

黎明破晓之前的背影

我的路

我的路
穿越了忧愁与寂寞
那奔流的孤独
踏着沧海的浪
狂涌的潮水
涌入了独立
拉进了坚强
把天际的云
坠入深渊后
悔悟透顶的那种滋味
充满雷轰闪电的风光
雨泻之后承前了降生的苦涩
根的生长
历练了路途的遥远
把耀眼过后的奔腾
打碎在神山庙语的路上
那梦的驾驶
从天际银河河床坠落到人间
仙境般的超级遐想
又有谁知道
那颠簸的流离失所
再把那添满江河的泪水
一网打尽放在雪山上
统统回归北冰洋
把我的路重新放回天堂
带回我的情殇

我的惆怅

再给我一把燃烧的火焰

点燃我的生命

我的希望

让希望吼叫的声音

落在冬天过后

让春风洒满花的芬芳

我在不远的地方等你

那是一个秋的夏天
你和我相识在
那棵大树前
绿叶起舞翩翩
你和我把心点燃
从此以后
那燃烧的火焰
开始慢慢地沉淀
那个卷帘望月的夜晚
我还是在夏天那个时间
来到了那棵大树的下面
等你
只为寻找那个吻过的唇边
我放下了春天的鸟语花香
却放不下和你相遇的那天
我放下了阳光灿烂的日子
却放不下那下雨的路上
你给我撑伞的瞬间
我放下了多少追求的目光
却放不下你在图书馆里
坐在我身边讲故事的笑脸
我放下了我生命的日日夜夜
却放不下你和我手拉着手
曾经走过的路边
我常常坐在镜前梳妆打扮
只为那个青涩的少年

我无泪的眼睛
回眸你掉泪的那年
我拖着被思念碾碎的躯体
又来到了那棵大树下面
等你
只为那抓过的指尖

当你不再年轻

逝去的年华里遇见了你
那也许是遥远的记忆
花白的头发打扮了现在的你
睡意的目光蜷缩在书本里
慢慢地从书本里寻找着
神采深幽的魅影
多少昙花一现的影子
爱过你
也许是真情或假意
唯有一人痴狂的心
为你断肠撕裂地痛
爱你脸上岁月的纹

舍不得

相逢掩面

容颜难相见

震醒春色撩起心弦

把天空的月亮打扮

让星星披上彩虹

遥望着那爱过的牵绊

把恬静的春天

和那温柔的旧念

一同放入风吹过的那边

面对着呼吸的屏幕显现

听着呼啸而过的柔情岸边

瞬间落地的叶子

感动了场面

让火焰融化了

那冬天剩下的冰川

胸膛和胸膛靠近了双眼

心跳的频率越来越远

让酒醉不醒的梦

捡起一片叶子

放在奔跑的河里

把眼泪滴上思念

带给远方的期盼

越过垂柳河湾

问花问春问蓝天

相逢何时把泪还

等不回的你

森林的春天微笑着
长长的树杆上爬满了
绿绿的芽儿
青春的种子
扎根在深深的土地
跳动的舞曲
拨动着生命的我和你
欢笑的白云漂泊在
蓝蓝的天上
大地温暖了我们
我们笑着欢快地跑着
那是我们的历程
美好的东西
把滚滚的泪水
碾碎在路途中
铺满了瓢泼的大雨

不朽的精神

我走在无人的街上
看到冬天里的雪
那和谐的风
悄悄地刮着
路边开满无色的花朵
天空飘落了那么多
啊！那是残雪
阳光照不到的残雪
消融后流下来的泪花
闪烁不定的颠簸呀
走过极限挑战了自我
不能站起来了
那片浮出的翠绿翠绿的幼芽
生命把我扔进深渊
又把我抛向空中
伴着雄鹰展翅高飞
那不朽的精神
把力量凝聚成
战胜自我的勇气
往前爬着
大地呼唤着
让我站起身来
看看太阳升起的地方
就是我前进的方向
无穷的梦想
把跌到谷底的心

塞满希望
把那冰冷的泪粉碎
埋在春风吹过的路上
爱的声音从远方
寄来了思念的滋养

初恋的泪

一生一世的怨
已经没有了
泪水湮没的哭泣
那声声呼唤的心
三十有余的年轮
追逐着那段
留下无痕的远去
也许只有初恋的泪
见证了遗憾的回忆
泯灭了生命中
那执着的拥有
延续了爱的执意
把相思的花骨捡起
等待着秋风秋雨

善良的人性

那是冬天的夜晚
我坐上开往北方的火车
座位满满的
有的人看着手机
有的人冥思遐想
这个夜晚静静地
只听到火车前行的脉搏
一位白发苍苍的老人
拄着拐杖
迷茫的眼睛显得苍凉
青年人投去鄙视的目光
没有一个人让座
老人继续前行
有个女青年拉住老人的手
让老人坐下
老人说我是无座票站着就行
我也是无座票
老人问姑娘，你还有多远
五个小时，您坐吧，不远
夜深了，人们都进入了睡梦
姑娘站着也把眼睛闭上
火车继续向前爬行
姿势优美的山湖风光
在夜空下晃荡
我站在两个车距间
欣赏着那黑夜繁星走过

朦胧中一个乘务员

在履行职责

老人的票上盖了章

看到姑娘的票是 B27 号座位

姑娘示意乘务员

别让老人家听见

乘务员对姑娘说

跟我来，前面有个免费座位

姑娘前行的背影

双拐支撑了她的胳膊

车厢里的人们

露出惊人的景象

我的眼泪溢满了脸旁

呀！这就是人性的善良

我和你的诗

你的诗让我痴狂
我真想坐上山头
和你相望
百年不遇的晨光
旭日如升的盼望
那是几度轮回中
美好的时光
倒流的记忆
把青春的苣苢拉回
把你我的年华唱响
青春永驻的地方
让我们的思念延长
爱的期望
纯粹的情感世界
记录了生命里
那份真挚的思量
非常的时代有非常的故事
那情深意长
小溪流水潺潺流淌

读懂自己

把自己粉碎重新塑造

变成一个全新的自己

把做过的梦扔进山里

坐在山头上望着孤寂

把树林抱起

拼尽全身的力气

把小草伸出来的绿色

紧紧抓住给自己披上嫁衣

再把自己的灵魂扔进湖里

让那纯真的爱情

永远拴在湖底

蕴藏了少男少女

那个青涩的自己

让追逐的梦

永远充满活力

牵着人生苦短的那个踪迹

把那个时光

打拼了爱过的痕迹

绝望的等待了希望

和那幸福的远去

那颗玻璃的心

透视了天边的彩云

挂满了一丝淡淡的醉意

读懂自己越过去

抛弃失恋后的痛苦和哭泣

我还是哭了

相爱了那么久
那是生命里
最不沧桑的日子
我们相会的时候
总是那么阳光
我们手拉手逛街
总是看见希望
图书馆里度过了
那么多翻越书行
下雨的路上
你总是手拿雨伞给我护航
唱歌的感觉
总是你比我有模有样
你画的画总是拿来让我欣赏
我们默契地写首诗也一模一样
那天你说去远方
我的泪瞬间流成行

如果下辈子遇见

下辈子我们能遇见
我会把花瓣撒满
大千世界的田间
让麦浪的风
牵着你
跑遍天涯海角
穿过冰川雪地
坐在那南极
寻访企鹅的家园

如果下辈子能相见
我骑上马儿
带着你踏上绿绿的草原
让那天山天池
绽放出光彩夺目的雪莲

如果下辈子能相见
我会给你缕缕轻风
把你的人生璀璨
我们会双双起舞
把大海的传说湛蓝

如果下辈子能相见
珍惜我们上辈子的相恋
我不会轻易放弃你
重演那曾经的遗憾

莫过于自己生命中

孤独的呼唤

等待着我们再次相见

相恋三千年

穿过云霄一色天

高云坐观五岳山

归来相依相伴五千年

痴迷的情

我们做着我们的梦
我们穿越思念的泪崩
我们把青春的岁月拉长
爱了就爱了
爱得那么懵懂
把爱的执着洒满苍穹
把前世的遇见放在今生
手拉着手一起走过吻过的梦
痴痴的爱暖暖的情
把流泪的曾经忘得干干净净
珍惜身边这红尘醉梦

温柔的风

有时大

有时小

有时狂

有时笑

你什么时候

顺着你的方向

把我带到南方

你什么时候

把爱带回北方

春回大地花儿绽放

树上的鸟儿在歌唱

我的心还在流浪

不知道飞向何方

走出月光

青草地、溪水旁

炯炯的眼睛

燃烧着爱的火光

放不下那相思的南方

我和你诉说

我和你在诉说
蓝天、白云、大地、欢歌
走了一生的路不知道
那个是谁
谁是泪窝
我的泪我的歌
伴随着一生的升与落
不知道哪个是题材
也不知道哪个是我
不知道哪里有山
哪里有坡
阳光透过树叶
照射我
爱的部落只是个传说
幸福、深山、峡谷、雄鹰
来去自由是我的生活

跨年

匆匆忙忙
从蓝蓝的天空世界
捞一把清清淡淡的晨光
洒向路途遥远的地方
跨上星球的月亮
瞬间让自己插上翅膀
怒放了青春
抓紧了我的思想
顺着彩虹的边缘飞翔

无怨的爱

青春的故事
有着青春的梦
走过的那个懵懂
还原了那个情窦初开的年龄
让我们懂得了爱情
并影响了我们的人生
那个不懂事的爱呀
每个人的年华里
都有过的冲动
爱得死去活来
吻着自己不愿离去的情
依依不舍的眼神
和那两颗相印的心
诉说了匆匆流逝的时光
那初恋的滋味
孕育了一生的爱情
记忆了青春年华
遇见了从来没有的感动
似乎若干年后
初恋却成了我们最浪漫的那个梦
有时候
我们静静地坐在月亮下
看着那闪烁的星空
你会感受到
那萌动的爱远远地看着
我们的眼睛

我不愿说和你再见

那个爱了一辈子的情

牵着我们的青春岁月

最美的相互陪伴

也许是天赐的无缘

让我们在相爱的路上牵绊

你思念的痛疲倦不堪

身体一天一天

随着时间慢慢地换颜

病魔无情地摧残

我的心灵深处

沉到底谷把你思念

却不能相见

我的泪滴

在我们走过的路上

越走越远

撕裂的声音无法把你呼唤

一个梦的夜晚

我走在夜晚的路上
越走越像是走到了
原始森林树的中央
叶子说话的声音
就像风吹打的呻吟
我害怕的感觉越发强烈
毛骨悚然
满身的鸡皮疙瘩都起来在打架
突然我迅速地跑了起来
奔跑着飞过去
就是树林的尖上
我偷偷看着夜空
繁星闪烁耀眼
我顺着星星看到月亮
呆呆地站在一片漆黑的叶子上
不知道自己的方向
感觉到世界孤孤单单
一个人的滋味
我泪落地的响声
打破了黑色沉闷的气氛
一个朦胧的背影渐渐地靠近我
用嘶哑的嗓音喊起追着
越来越清晰
又清晰地看到了
那是我爱过的
背影的远去

远走的寂寞

爱是人类的财富

当爱需要帮助的时候
是那么的渴望
当一个人失去
需要别人帮助的时候
是那么的无奈
人性的美是用善良编织出来的
那些人类共同的财富，爱
诠释了爱的真善美
有个故事感动着我
也感动你
一个男孩叫班布
每天都在上学的路上奔跑
但他每天都迟到
老师当着全班同学的面
都要打他的手
为了惩罚他上课迟到
他从不抱怨
默默地承受着
有一次老师在路上
看到推轮椅的男孩
上面坐着一个残疾少年
走进了一所学校
原来就是他的学生班布
每天班布先送少年上学
自己才迟到
老师看了看走回了学校

班布路上跑得很快

赶到学校还是迟到了

手伸过去接受惩罚

老师轻轻蹲下来亲亲孩子的手

张开双臂把孩子抱在怀里

泪水从老师的眼里流了出来

这就是爱

人类的爱

你给别人多少爱

你就会得到多少爱

善良把善良本性的东西

放在人类的天平上称重

每一颗善良的心就会放大

让人类充满爱

拥有智慧和财富

远游的我

我乘坐在大韩航空的飞机上
静静地收听着
韩文听不懂的地方
飞机在跑道上滑翔
我的心
随着白云一起向上
大气磅礴的遐想
纵然还吻了那个空中飘荡
颠簸的云裳
飘过来跳在我手的中央
慰藉了心的那点忐忑惊慌
我轻轻地跷起那岁月的沧桑
带着还没有泯灭的梦想
醉倒在云山云海之间
我抓住那飞翼的翅膀
瞭望苍穹的海洋
我已记不清这是多少次
踏上这块熟悉的天堂……

拥抱后的流浪

年华里吻过的爱

走着美丽后的生涯

又有谁知道相互陪伴的日子

爱情的甜蜜丈量了幸福

见面后的那个拥抱

走在游荡的那条船上

停泊的港湾里寻找着自己

喜欢那东方的太阳

晒过之后

爱的火焰滚滚流淌

一起走过的路

都是生命中最美好的时光

遇见你是我

唯一没有遗憾的地方

想你已经成为

我生活不能放弃的光芒

感谢你来过我的世界

生命就在一瞬间

溜着太阳的曲线

匆匆走过那年的夏天

走过清风拂面

路过没有错过的

生命匆匆的那年

人生哲理的语言

流露出苦涩的笑颜

那个是我们相爱里的绚烂

把幸福塞得满满

阳光照射了彩云飞舞的蓝天

相处的日子真的越来越远

追逐着你的背影来到爱你的路沿

我站在那里等待你的再现

不管风雨和黑暗

我还是望着

你走来的路线

眼眶里含着眼泪

用手轻轻地

抹去汪汪的泉

生怕被泪面遮掩

错过你路过的刹那间

岁月流逝了容颜

我站在相爱的路上等你

一晃就是三十年

思念把狂风骤雨抓起

我迎着朝阳出发
走进了一个不属于
阳光住过的地方
轻风细雨地说着
烟雾缭绕了
迷茫地爬着爱过的坡
歌曲书写了诗人的蹉跎
用梦想的长河激情澎湃了
用爱唤不醒的
那思念的颠簸
不知道是谁
把苍鹰挥泪的手握
谎言的诱惑
紧绷了相爱的枷锁
太阳打滚撒娇的浪漫
眼睛望着粉红色的云雾
落入街头后也撩不到
那内心深处
奔跑的那首无名的诗歌

青春里的歌

那是夏天开满鲜花的季节

魅蓝绿草茵茵的花儿

绽放了青春的色彩

一天傍晚和男朋友应约

我匆匆走进朋友的家

看见一个戴眼镜的人

端庄优雅的气质

显得格外迷人

一下子吸引了我的眼球

羞涩地偷偷看着

坐在我旁边的那个男生

啊，一张熟悉的面孔在哪里见过

青春的风景罩上

最美的天空

大树下摆动的叶子也偷偷地张望

我们坐在大树下

谈着青春风景

静好的时光

他的一幅油画画作

挂在我的宿舍里

相爱的歌声、读书声、诵诗声

奏响了优美动听的旋律

长辈的故事

改变了我们的人生轨迹

我们哭着只好从了命

他走的时候
拖着疲惫不堪的心
带上长长的泪
走着那条我们曾相爱的路程

嫣红的岁月

那姹紫嫣红的春天
带走了冬天的梦
恬静的心
也慢慢地穿梭了
千年古刹的钟声
敲开了通往
那摇曳的山顶
回荡不止的声音
从大地天边拥抱了
那升华的心灵
云雾缭绕的仙境
美丽俏佳人般的
迷人视觉
感受了春夏秋冬的味道
让风让雨滋润了肌肤
补充了千万年间
流失的美好的东西
就这样粉刷了
飘香的季节
也就有了追梦……

青春的爱

在年轻的时候
每个人都会有过
在乎的那个人
有过爱的梦
那纯真的爱情
那美好的憧憬
走过了曾经的曾经
即使不能在一起
你也要好好地说声再见
不要留下怨和恨
因为那懵懂的初恋
让你后来的生命
会懂得什么是爱情
那初恋的情
也许你会忘却
也许你的一生
永远忘不掉初恋的那段情
好好珍惜吧
尽管那是遥远的影子
初恋的那份爱
就像撕碎的心一样
一片一片地撒在
相爱过的路途中
再也找不到
色彩鲜艳的飘零
那是青春年华里的遇见

那个爱的真诚
在成长的路上越走越远
记忆似乎若干年后
初恋变成了最浪漫的
内心深处无法释怀的
莫过于年华里的那个萌动

追梦的脚步

高山流水，鸿雁传书
不知道人生几度
多少路途遥远
走的时候却没有
找到自己的路
你用生命的乐观
寻找着光明磊落的清欢
却感觉到无助
又有谁有真心与你共度
多少微笑伴着泪水
你走过了多少大路与小路
有多少花草和泥土
匪夷所思的倾诉
多少鲜花盛开的欢笑
没有等到果子的成熟
却对着落叶啼哭
走过路过
谁知参天大树
枝叶青青也有枯木
你爱了一辈子
却不知爱归何处
等着等着却说不了
那思念的哭泣到底怎么落幕
多少虚拟化作了缥缈的记录
一生的幸福快乐
摇摆着那无人的舞步

诱惑

生命的求索

尽管日月同辉

生命包揽了全部

不惑的年月

走过了蹉跎的日子

却丢了路

把快乐也抹去了

那青春的年华

渲染了大地的风采

不知是春的绿

还是情的浓

历练了

历练了一个

不属于自己的那条路

感谢磨难

磨难牵着我走过了
人生巅峰的日子
越来越远离了
喧嚣听不到的呻吟
沙哑的嗓子
真的使我无泪无泣
那苍穹的云朵
像花一样绽放了
我流泪的光彩
奔腾而过
那个痕迹斑斓的世界
末日的曾经
浓缩了青春的痕
羡慕那些曾经的拥有
自己漂泊的日子
流失了灵魂的色彩
磨难打碎了我的梦
狼藉残红折花后
留下了淡淡的情

旅途

遥远的路沧桑地爬着

荒野的沼泽孤独地眷恋着

那流年淌过的泪走着、瞧着

凄美的拥抱

渺茫无际地追逐着

那曾经的记忆

磨难让你把扭曲的灵魂

深深地埋在峡谷里

玲珑满目的遍野

砸碎了那颗柔弱的心

挣扎了很久很久

才拎起掉在眉梢的

那滴泪往前爬着

我的泪在哭

时间里唱响了

不属于我的那片蓝天白云

滚滚红尘客栈远去了

映衬跳跃了美丽与黑色的完美

诠释了冰川奔跑的年月

流泪的框框里面

打发了无聊的寂静

那年月

心里简单的思维

暖暖的阳光洒满了泪的怀抱

蔷薇花的花瓣漾起了

蓬蓬生辉的恋情星座

欢乐谷之圣火

传递了浪漫的音韵

我热情奔放着

静静地享受了生活

呼唤爱的脚步越来越近

从此我的心属于期盼的眼神

大地苍茫了灰色

层层叠叠的风沙肆虐

我的心碎了

一次次的伤害

让躯体蜷缩成

不属于自己的躯壳

那心绞成了血和泪

哭泣着

长叹

风雨飘摇着黑暗的角落

让我觉得世间万物之灵

都变成了无情的谎言

我的心似乎也变得越来越灰暗

走在一条长长的街上

迷失了方向

徘徊的我看见

一个悠长悠长的岁月

蹉跎了青春里最美的风景线

我遥望星空和蓝蓝的天长叹

今生我与缘无缘

默默相遇沧海红尘恋

看见湖边那朵莲

仰望天空再次长叹

谢谢苍穹给我眷念

嫁给爱情

如果你爱上一个人
是不是真的很爱她（他）
你要用你的胃去体会吧
真的爱上一个人
你每天都很幸福
你的胃会告诉你
你很爱他（她）
因为胃没有爱
住过来的时候
是凉凉的
童话般的爱情走来的时候
胃里就像塞满了
九百九十九朵
格桑花似的
那块冰冷的胃会暖暖的
炽热的爱燃烧了整个生命
那好吧
带着你的幸福和温暖
走进他（她）的世界
你的人生会灿烂的

孤独的永恒

你孤独吗
我孤独
原野其实也孤独
那山那水那树那花
我们都孤独
山在流泪水也在流泪
花草也在为孤独的小鸟流泪
雄鹰展翅高飞的天空
似乎也有孤独的跟随
荒漠的沙丘里
迷路的胡杨
踏着孤独的脚步
那孤独寂寞的背后
传递了那个世界
背负着希望的生存苟活
奋起坚强的意志和勇气的颂歌
把献给大自然的美好愿望
扯下所有的痛苦
抛出傲骨铮铮的欲望
把走路的姿势挺胸抬头
仰望星空把雪山的手紧握
把孤独放在高原草地山河
让孤独写成一首悲壮的赞歌

我的歌

我的歌
坐在大地旁
用甜美的音色
唱给走路的牛羊山坡
让大自然的神奇
把魅力传递给
那生命匆匆的过客

我的歌
站在圣湖纳木错
把那滴千年的泪水触摸
用跳动的旋律
把歌声唱给湖泊
用虔诚的魂魄
祈祷祝福圣湖纳木错
我接过哈达泪流满面
唱着那首千年不朽的传说

我的歌
每天坐在山上
唱着山歌伴着白云漂泊
我的歌
穿透山谷走过蹉跎
把思念的泪水揉成河
玛尼堆是恋人的泪窝
叩拜一生的虔诚祈福天河
放下红尘的行囊
让寂寞的风
吹打那漂泊流离天涯的歌……

千古之泪

泪水流着
流得那么长
流得那么久
童年的泪
是顽童的希望
少年的泪
是梦的未来
青春的泪
是那美好的生活
幸福的花朵
流年的泪
从长江流入大海
无边无际地流着
伤心的泪
思念的泪
记忆的泪
回忆了很久很久
还在流着

世界的荒丘

荒唐的岁月
如梭般地编织了那么多
无情无边的框框里溢满了
那如花盛开时的奔腾而过
不幸与烦恼的交错
诉说着那个
系着情与泪的故事
走在生命里
最不能容忍的
那个看透了生存
花开花谢皆风景的情魔
等待也成了一个
优雅高贵和冷艳的歌
趟着一片空白的角落
是真是假似花似雾
面对花海灿烂了蹉跎

红尘路上

我孤独了千年
徘徊了万年
也没有找到
红尘深处的那朵莲
苦苦挣扎着、走着
望着那片失落的天
哭泣的泪
哭泣的声音
撕心裂肺地呐喊着
苍天大地呀
为什么把我抛得那么远
我呼喊的泪水
拖着疲惫不堪的身躯
回到了红尘路上
寻找着那青春的初见

流失的那个梦

泪水打湿了那个年月
心痛地把梦撕成碎片
那段记忆的远方
也变得黯然失色
迷茫的时候不知去向
青春也跨越了
时空岁月的变迁
那泪水满面地翻滚着
唱着那首无痕的歌

原来的我

我独醉了很久很久
在空旷的地带
寂寞的灵魂
被狂风刮倒了爬起来
继续跑着
倦意的身影一无所有
被黎明破晓的雨露滋润着
偷偷逗留在森林的浪尖上
窥探那流失的年华里的遇见
瞬间觉得自己很渺小无力
枯萎凋谢了丰肌的生命
悬垂在晨曦渐渐远去的黑暗里

远走的寂寞

寂寞笼罩了我的整个世界
那年月的日子里
总有寂寞的惆怅
总有那些深深的绝望
似乎连日子都很迷茫
艰难地度着黑暗的夜色
沉睡了的魔咒
连续几天几夜都坐在
风吹过的大地上
数着星星看月亮
跌倒了爬起来
爬起来再跌倒
谷底的深渊也看不到尽头
还是让寂寞拖着疲惫不堪的身躯
回到了最初的地方
有一天寂寞说：
我要走了
不再与你彷徨
我没有把心怒放
淡默的感觉把思维拉长
从容地张开了翅膀
飞翔在天空上
把心放在云旁
徘徊的我注视着
寂寞远去的背影
那麦田的浪
轻轻地跟着寂寞的忧伤

旧念

如痴如醉地凝视着

望着属于自己

编织了也许是最爱的梦

眼眶里微笑的话语

无言地说着

似乎等了很久很久

赞叹不已的故事里的角色

黑夜幽默的语言

惊艳了时光的逝去

岁月触摸不到

那旧念的回忆

月牙泉上的沙漠

那碎片的声音

微笑把青春偷偷延续

路上沾满的灰尘

厚厚地掩盖了

那最初的灵魂

让那片酸楚的味道

悄悄远去

飘过的云

我每天看见
山谷里传来的寂寞
用忧伤传递了地带的蹉跎
呻吟了灵魂的歌谣
积攒了年华里的岁月
相信一把自我
把沙漠的饥渴灌溉
用流浪的忧伤
把镰刀割断
又把幸福的灵魂
重复歌唱
空旷的世界里
不断地吸引了
舞台上表演的精彩风格
音乐的诱惑瞬间飘过了
唯美的云朵

孤独跋涉

一个人曾经哭过
一个人曾经走过
一个人曾经流浪过
一个人也曾经坚强过
坚强的泪水
似乎洒满了蹉跎岁月的歌
流年折掉的翅膀
不再飞翔
守着那黑色的夜
望着窗外飘逸的星星银河
走着走着天就黑了
在黑暗的角落里
默默地注视着自己
那泪水爬着
湿漉漉的脚步留下了
深深浅浅的痕迹
洗刷了那孤独生命的落魄

沉静的脱俗

你超然物外的沉静
沉静淡淡的笑容
远离了喧嚣的烦恼
沉静的你会静静的
听到鸟儿的天籁之声
你会看到绸缪静心的酌情
把那些畏惧抛出九霄云外
翻越了流言蜚语
超脱了羁绊的灵魂
放纵了爱的自由
圣洁无瑕的心
塞满了虔诚洁白的宁静
静静的心
带你走进静静的世界
在春天的秋叶里
在夏天的冬暖里
花开的季节
坐在花丛里

心静如水

我看见了

彩虹划过了天空

你坐在彩虹里

轻轻地飘过雪花飘过春风

用你生命里的那首歌

谱写了春夏秋冬

悠扬动听的旋律

我听见了

你拍打着翅膀

飞翔的声音

白云飘过了天空

我梦见了

奔跑的马背上

你熟睡的梦

同学情

在那个青春浪漫的岁月里
多少年华春色，桃李满园
你的身影在校园中飘逸着
笑声歌声，那是我们青春的活力
书声笔声是
我们追求的魂
无声无语，面对相视
那是我们默默的私语
我们来自不同的岗位
不同的方向
走进了知识的海洋
拿起那本属于我们的书
心是那么的沉重
做了很久很久的梦追逐着
岁月把我们卷入了风口浪尖上
你和我、我们
我们这些有梦的人走到了一起
大学校园里同窗生活
留下了我们的脚步
筑建了那一生无法用时间抹去的友情
多年未见却不能忘记
我的老同学你的身影
我们的身影
慢慢走进那曾经的梦里

沧桑的年华

那是流浪街头的年代

把心丢在了别人不知道的地方

泥泞着自己不情愿的样子

为了那生存的痛苦

都忘记了自己

曾经的一切

拼了和别人不一样的感受

走着走着也没有了那么痛的领悟

人生轨迹变得越来越清晰

越来越模糊

不堪忍受的日子

忍受着心淌着血

泪沟沟坎坎超越了我

也超越了世界顶峰

俯瞰着命运尽头的路

偶尔把脱离轨道的意念拉上岸

偶尔想起童年时的记忆

那是纯粹的生活

生命触不到那忧郁的哭泣

人呀！路走着走着就……

寂寞

在寂寞的海洋里
遨游了一个
属于自己的领地
被那浪花
一朵朵白色的尘埃
洗刷得体无完肤
那海的咆哮激荡了内心的哭泣
浩瀚的宇宙长空
把我的孤独
变成了一种深海的触礁
让那纯粹般的寂寞
在大海里游荡

来世的相约

凉风吹拂了

树叶缝间的空隙

潮湿的空气中

弥漫着淡淡的忧伤

一对情侣在大街上走来

滴滴答答的雨声

伴随着那沉默的寂静

路边的小草

似乎听懂了什么

小草依然随着风

轻轻晃动

恋人们

依偎在蒙蒙细雨中

漫步云端的鸟叽叽喳喳地叫着

我的心

抓紧路边那茂盛的叶子

东张西望地等待着

等待着梦里的遇见

那个属于自己的世界

相约来世的匆匆

那个曾经

我独自走在灵魂漂浮

幽静的峡谷里

倒影了世界的尽头

仙境传说中

那个故事里的情节

曲折蜿蜒起伏了

我所不知道的世界

价值的肯定却浪漫不了

那浑然不知的日子

越来越近乎于

泪水和委屈悬在

半空里没有任何意义

硕果飘香的时尚

不知道哪个是梦境

哪个是现实

折磨了

不堪忍受的曾经

走过相约

走过了一天的早晨
走过了世界的苏醒
走过了烟火轰鸣的日子
走过了太阳的邀请
寻找了月亮下的那个伴
领着那份流浪的情
走到了全新的生活
爱的那个春天的脚步
开启了我飞翔的翅膀
顺着匆匆那年夏天的梦
撩起晨光的抚慰
过去的一年憬憧了生命

雪中诉说

我在雪中坐卧
你把那条飘荡的银河
演奏成那轮回的哀歌
我听着你无奈的轮度
和撕裂伤痛的蹉跎
你的眼睛
把圆梦的世界纪录
如此宏伟壮丽和精彩的评说
我的泪曾经流过
那条苍凉的河
从未遇见那曲温柔的歌
路途中把爱的传播
给了那初恋的魔
再也没从雪山的深处
走出那段哀歌
你流泪的奔波
把平生的雪陨落
那飞花艳舞的世界
把末日的嘲笑
道出了那曾经的走过

等风等雨等你

我等你
那夜晚的风吼叫的悲伤
把你唱歌的音符
慢慢地飘落在我的手上

我等你
那是彩色白云
把盼望的日子
留给等你的那个远方
你来还是不来
我一直站在等你的地方
看着春天的脚步
把夏花开放

我等你
在秋季里把金色的银浪
闪烁的玉米爬满家乡的河床

我等你
还是在那个地方
看着山丹花的海浪
拍打着翅膀
飞回等你的路旁
你微笑的眼睛
那是你带着爱的盼望
匆匆走进我等你的地方

爱的苍凉

积压了多年的那份情
变得无影无踪
似乎已经习惯了
孤芳不自赏
走在人生这条路上
放弃了自己的寂寞
也成了伟大的温柔
孤独也就给了一份灿烂的善良
命运似乎变得
也没有那么凄苦
游离了大千世界
苍天让我听到了金秋的歌唱

醒过醉过

谁没有过分离的折磨

又有谁没有过团聚的欢乐

时光流逝中

我们也曾经狼狈过

也曾经醒过

醉过之后

还是带着伤痛

凝视了岁月的歌

醒过之后才发现

还是走着

时光流逝而改变不了的

那段蹉跎

如果没有爱过

如果我们没有相遇
也许我能忍受孤独
如果没有尝试爱过
也许不知道爱的滋味
如果我们没有相拥
也许我还能够独行
如果没有你柔情似水的旧念
也许我还能茌苒时光
走在诗中

我与冬天共舞

睿智的山
听到了冬天的声音
飞雪的浪花沐浴了蓝天
仿佛飘过小草干瘦的脸
急促的风呼啸而来
奔跑的我
走进了那仙境般的冬天
抬头看见有天的风范
似乎也有月亮的驿站
伴着星星眨着眼睛
我顺着目光投向那
狼藉的叶子洒满了泪水
往下滴涎
寒冷的冬季
装扮的色调显得格外明朗
那风那枯树的枝干
划伤冻住的花瓣
散落着几朵忧愁的花叶干残
那个是冬天的心
从森林的东边
日出的角度
能悄无声息地看到
日落的期盼
那余晖的映照
小草蛮腰的飘然
把种子播种了春天

树叶纵横交错后的梦里

好美的冬天

步履轻盈越来越近

走进了风里

微微吹起睡在草坪上

晒太阳撒娇的叶片

那叶子揉揉眼睛

拂拂面

我依然爱着这冬天的温暖

我站在高高的大树下

看着远远摆动的日长一线

望望银装素裹的岁暮天寒

长叹

梦的开启

如此庞大的愿望
携手了天和地
你就像神奇的话语
偷偷地看到大千世界
闻到了痛的味道
邂逅了最美的相遇
走进了塞汗坝的画卷里
寻找着那爱的印记
慢慢地叩开
从未开启的爱的天梯
呕着曾经的那份伤的哭泣
你用你那博大的胸襟
把一颗暗淡无欲的心
带到了温馨的地带
你用炽热的手抚摸着
唤启了命运之神的眷顾
眷顾了没有泯灭的那片沙漠之地
筑起了那片海一样的森林绿地

北京去上海的路上

夜幕下我坐上了南下的火车
一个人坐在火车的角落里
默默的话语漫步在黑暗的夜空
思绪万千的我数着星星
车轮摩擦声
从北向南延伸着
跨越了千山万水
行走在荒野苍凉的大地上
心随着车轮滚滚流浪着
路遇了
纵横崎岖的山路
陡峭悬崖的边陲

无情的情人

欺骗！欺骗
有人用了一生的手段
骗走了一个少女的心
他轻轻地用那温存的心
悄悄地靠近了她的纯
梳理着她春天的岁月
她爱他
把那颗真诚的心给了他
他也把一箩筐的爱给了她
爱的眼神穿透了他们的心
他们相守相伴
相信了爱会眷顾一生
然而天有不测风云
泪奔的大海冲夸了
他们用心筑起的
那座城堡里的爱的情深

如今的缘

我似乎在不经意的瞬间
认识了你
也许那是千年的缘
在我们痛过之后的那片天
似乎已经牵起你和我
漂泊了很久很久的缘
把爱轻轻地抚摸了
我们伤过的那张脸
你笑了我也笑了
那份走了千年的爱
吻了你的心
吻了我的念

欧洲的日子

漫步在历史悠久的街道上

那维也纳的天空

会撕下一片白云

给你一个神奇的向往

我坐上马车爬行在

德国新天鹅堡的山坡上

四周静静的水湾

宛如童话般的世界在荡漾

站在米兰时装表演的舞台上

优雅十足的模特

展现了设计的时尚

我乘上威尼斯的游轮

体味了这座城市

把历史文化

和亚得里亚海的气质完美相融

我带着豁达的海水

又登上了玻璃岛

那五颜六色的鲜花绽放

百花大教堂的钟声渐渐敲响

佛罗伦萨这座

意大利文艺复兴时期

和文化遗产的历史名城

展现了米开朗琪罗的魅力

淋漓尽致地表现了人体艺术

人类的经典之作《大卫》

那美感和情感的精髓所在

我崇敬这艺术的力量
丹麦奥胡斯大学里的走廊
每幅油画作品
吸引了我的眼球
把我的思绪深深拉到了
少年时代的欢声歌唱

时光的麦浪

时光随着孩童的成长
逐渐改变了旅程的方向
脚步让孩童的眼睛
联结了幽谷的迷茫
把峡谷里的泉水一网打尽
放在山顶上
让最美的山丹花光荣绽放
让时光充满希望
奔走在原野的麦浪上
绿色的风刮过麦田守望者的身旁
让时光停留
让美丽的人生风景
优美的旋律歌唱
岁月流过去了
回忆的金色
把生命交给手牵手的青春
让晨光变成风平浪静的汪洋
节奏单调的乏味
让时光倒流的岁月连成一片
把记忆熟悉的陌生
一串串晶莹剔透的海面
让波涛滚滚倚在窗前仰望
伟大的母爱用流动的乐章
翩翩起舞悠扬
向往的天空长河
浮出水面的阳光
那时光未老的沧桑
让任性的年少轻狂

独行

夏天最美的季节
我独自一人踏上了
自然风光优美的玉渡山
那山间的小路弯弯
小溪旖旎
我放慢了脚步
蹲在水流的缝隙边
用手轻轻地抚触了那水流
我的手伸进水里
拿起一块用泉水冲刷的
清澈透明
光滑细腻的躯体
灵魂般的存在
我把小石子瞬间捏在手里
只听着节奏的声音
从大山深处传来
我捧起泉水喝了一口
好凉好甜的水
这时的我陶醉在
山里的云与雾之间
静静地聆听着鸟鸣啾啾
声声呼唤的语音
这个仙境般的存在
飘逸的美景
我停留在瀑布下
聆听了风
轻轻把雨放在水流中

逆流

远去的你

伴着风

呼啸着奔腾

那是风的晶莹

骚动着沙漠无人走过的路

踢出超越自我生命的第一球

超越极限的挑战

越过谎言

去拥抱世界里

消失殆尽的灿烂

把笑容留给自己

把旧的记忆重新整理

走向一条需要拼搏的

不朽的传奇人生的轨迹

看着弯弯的月亮

把那峡谷冲刷得飘离

放在身后

默默守护着自己

踏着勇敢前行的步履

什么人间仙境

把传说留给远方的记忆

记录下来

走过的沟沟坎坎

构筑的人生之旅

属于自己的方向

前进的动力

把魔咒的声音放大
扣紧绷实那些
曾经的广角迸发的启迪
飞溅出大地的飞烟
让光环笼罩着巨大的光距
把黑暗变成废墟
埋在地下
把泪水淹没的沼泽泥炭
层层拔掉放进
那沉浮奔驰的列车上
把逆行的思维
推向前进的步伐
把逆行的方向
变成硕果飘香的人生
断想奇篇
苍天把彩虹的泪
发出瀑布的声音
落入大海的春暖花季

失落过

你的过去我没有相依
内心深处有一种莫名的失落
多么对不起我深爱的你
那是一个少女梦幻般的爱情
可是我没有找到你
从此以后
再也没有得到任何的甜蜜
流浪的情浩瀚在原野里
偏偏在枫叶残竹的时候见到你
还是觉得对不起

夜的忧伤

我坐在星星眨着

淡淡的忧伤的夜里

望着窗外

夜色传来的阵阵秋风

拂起一缕用寂寞抬起的

漫长等待后的凄凉

月光下

夜悄悄地走着

躺在天空和大地的路上

徘徊的脚步

我的心随着

那秋风萧瑟听着

树叶沙沙作响的声音

星星点点头轻轻地

抚摸着我的惆怅

黑的夜里

我顺着星星点缀的地方

抓起了一把凄清的月光

同路人同路梦

这个年月不知怎么了
同路的人的心都那么拧巴着
个个不经意地
偷着悄悄溜走了
那份属于自己的收获的季节
浪迹天涯踏上一条不归的路
春风拂面地吹打着
走着走着同清风相拥
寂寞的心流浪着
恨了怨了
曾经的爱
踏上了天涯的路
留下了背影的脚步
逝去了记忆
在茫茫苍穹的
荒野里寻着……

梦里的呼唤

那是山的声音
那是大地的呼唤
生命呻吟的时候
让整个宇宙神化
那簸箕的山与河的涟漪
那动物的哀嚎
让深渊突起
也不知道是风还是雨
不知道是泪还是哭泣
那泯灭的灵魂深处
把生命的赞歌
唱给雷霆万钧的爱
把太阳的光束掘起
翻天覆地的生命
很伟大但又很渺小
珍爱生命
把生命的辉煌写进梦里
让阳光让春雨
滋润着万物复苏的步伐
走进故事里
那纯真的知音
让友谊的双手
紧紧拥抱着甜蜜
把风放在半空
轻轻把风铃吹得东行
让柳絮漫步梦境

一路西北

我坐上通往新疆的火车
思索了人生轨迹的未来
滑动的车轮用奢求的目光追逐着
我坐在角落的地方
树叶在晚秋时节
各有各的颜色
火车奔跑的脚步越来越快
把大地的尘埃荡涤
我的心跟着秋风萧瑟流浪
太阳牵着我沐浴了阳光
走着……

我的世界

我的世界太过安静
静得可以听见
自己心跳的声音
心房的血液流动
慢慢流回心室
如此这般的轮回着
聪明的人喜欢猜心
也许猜对了别人的心
却也失去了自己的心
傻气的人喜欢给心
也许未必能得到别人的心
无奈的忧伤体味了无价的感受
你以为我刀枪不入
我以为你百毒不侵
其实不然
傻的心走得很累
聪明的心走得未必轻松
累了总会把傻傻的付出
当成一种游戏转过心来
把淡淡的忧伤
丢在开满花的路上

吻过

我爱你

走进你才知道我有多爱你

爱你才知道

原来人世繁华

掠过缘分默默守护着爱情

相守一生一世

永不磨灭

一切都变成温柔

火山爆发

形成鲜明对比后

发现自己越来越跨跃而升华

为亲吻后和谐相处模式

开启新的人生旅程

如果你回眸

如果你回眸

那是天意的造作

你将走完你人生的旅程

你会解脱一生不开心的心情

你会把你不快乐的情绪

告诉上帝赐予你畅游

大地云雾缭绕的天空

你会把你的诗歌

唱给太阳

晒给月亮

你会把你的画作展示出来

给风和雨

你读书万卷

你会把你的模式打开

放在小草与树叶之间

你会坐在起点的路上

张扬你个性的一面

把玩世不恭的态度

变成江河

把春天灿烂

你会幸福地生活在

无忧的人生路上

找回自信的理念

奔涌吧

那想象的空间

我们的生命

生命延长了

多少青春的故事

超脱了生与灭的节奏

那就是四季轮回

流入天堂

踏歌起舞的

精灵王子和灰姑娘

行走于大气

和海洋漂浮的水面上

我的生命

我的眼泪

一直都在默默地等待着

那个温暖拉长的思想

我人生走过的日子

又把我相爱的感觉

放在深夜痛哭的身上

无泪的天使降临了

那个是花，是草，是风，是雨

还是眺望远方的星际

迷航无界的力量

去寻找属于自己的

那段倒流的时光

爱

微笑着

把我的生命亘古传唱

站着、永远站着

生命的一半

都会源源不断地

在未来充满期待的时刻

横贯南北天际云卷

珍惜吧

那是一生

只有一次的生命

奋起那星星之火

可以燎原

让生命的延续

把笑容留给

别人去感受灿烂

打开我的笑脸

奔跑吧

生命是大地苍天的双眼

是春天，还是夏天，是秋天，还是冬天

转瞬即逝

转瞬斑斓

我们沿途的风景

牵手的雨季

让我们的青春年华

留下美好又难忘的遗憾

生命啊

留下顽强的毅力

辉煌成就后的迷茫

沉醉点满枝头

会把野草野花点燃

星河滚烫的脸

会把我们的生命

传递给旷世巨作

那个芸芸纵横的大自然

时间的缝隙

时间的河

悄悄地流过

我们没有理由

拒绝这条流淌的河

我们更没有理由

不紧绷着神经

把这条河

贯穿于整个生命中

没有下完的每步棋

把那珍贵的时间

告诉自己抓住她

那是你生命中

最堪称升华与智慧并存的

那时间的坐标村落

抓住机遇和挑战

让横空问世的昆仑山

把大地触摸

述说着历史的苍凉

滚动了沙漠

每粒沙子那炽热的胸膛

迸发出道道沙浪

汹涌澎湃的时间

尤以玫瑰花的橙色

装饰了华丽的姿态

像那白驹过隙转瞬间

消失走过
别等年复一年
无法点燃那片
红珊瑚的琥珀

遥远的爱情

我爱上你那是在我的心中
我见到你那是在梦中航行
惊醒后才发现我坐在了天空
随着流星飘起了思念的梦境
看着远方有座明亮的灯
照亮了一座属于自己的星星
月亮撩起我那爱过的情
把我的梦顺着月光的行踪
让我的灵魂重新点燃沸腾
光彩夺目迷人的笑容
我轻轻拥抱着
那遥远的爱情
不知道我深爱的那个情
是否也在瞅着我的身影
晨光架起了桥梁
让我悄悄留下
我心中的愿望
是否在遥远的路上
能够遇见花一样的风景
跟着白云缓缓地靠近
那山上最高的山顶
坐着我的太阳
照在我的脸上
留下痕迹暖暖的胸膛
我醒来发现我的爱情
还在遥远的远方航行

一个人走路也很精彩

火光红的颜色耀眼闪烁

照耀了天空

我目不转睛地看着

熊熊燃烧的火焰

那四射滚滚的浓烟

弥漫着我那曾经的留恋

我从流泪的那年

走进了草地山川

没有风云变幻的沙砾

磨砺出自己主宰着自己的那片天

跋涉了一个不一样的精彩

命运修造了我的价值

我的价值提升了

我那彩色的能量旭日无限

爱自己布施

那是造化他人厚厚的源

痛过、哭过

望着窗外黑漆漆的夜晚

浪迹天涯的心

走着无人街的路

星星把我哭的样子抚摸

月亮用手轻轻地拍打我的泪窝

我红红的眼睛

看着曾经在黑暗飘过的我

泪水又洒满了长江与黄河

爱过的人爬过坡

撕碎的梦还原过
那一刻那一年
把相爱的诺言放在港湾
相爱相恋系着下辈子的缘
翩翩起舞飞上蓝天
坐在白云上
等待相见的那一天

雨夜

雨点的声音打碎了
我睡梦的幻影
朦胧中醒来望着窗外
风儿携带着一缕水滴
跳跃到我的阳台
我的目光洒向它
风轻轻地拍打着翅膀
拽着雨儿坐在
牡丹花开的床上
我撕下一片纸张
悄悄地盖在
雨儿的脸上

捞起太阳

道路曲折的时候

没有人会走过那个地方

也不会有人碰你的忧伤

吵醒了众多的讥笑和中伤

人性泯灭了善良

摔倒了那个痛苦

不堪一击的绯雨倾城

奢望的泪流了满面

心里那朵未凋零枯萎

怒放生命的花朵看着走过去

无人踏过的弯弯的沧桑

抓起柔碎的梦攀爬起来

把呼吸抖动着两个同路的心

把手握住扔掉血腥的风雨

拖起深渊放在主宰的路上

小心翼翼地看着天堂

把地狱的灵魂画张风景

用红红的色彩构思成

两个人手拉手

超神跃欲的哭泣

无泪的话语

不知道是夜宵

还是走近月光

晨起阳光的味道

会把笑脸放在手心

抹去泪流过的手掌

大海捞出水面的太阳

会把温暖送给那曾经的苍凉

醉在避暑山庄

岁月的流逝中
虔诚的我迷恋上了你
古城古韵的避暑山庄
创作了历史性的跨越
穿透了我多年的梦想
翻过了惊涛骇浪
划过了时代的印象
呐喊了翻天覆地的宇宙
被碾碎的身躯紧紧抓住那
爬起来的痕
啊
多么伟大的胜地
茁壮出那鲜艳的花瓣
接吻了雨后的彩虹流霞
曾经醉过的青春
弹奏了生命中
那动听的乐章
伟大的古代文化
诱惑了我的思想……

夜的梦醉了谁

千年的爱

恋上万年的根

一片片的叶子

撩起了那份旧的情

银色的夜晚金色的梦

走过路过听到了月亮落地的声音

荡漾的花海睡在了

我那个不眠的眼睛

拥抱了你那曾经醉过爱过的梦

好像月光轻轻飘落在我们的心中

金色的梦牵着那份流星

划过天际流年的故事

谱写了月亮下的轻言细雨声

滚滚荡迹天涯梦

沦落了三十载的途径

走过夜空下

摇摇欲坠遇见了你的情

天长地久与谁随

花开了
花又凋尽了全力
风徐徐展开翅膀
飞向天空
大地回春了
诉说着冬的天凝地闭
江河流域走过了四季
泪水往下掉进了春的雨滴
滴落的声音打破了
以往不同的哭泣
春季春雨滋润着
青春的肤肌
夏天的花季
怒放了我和你
芳菲都歇着花开的羞红绿
天和地
我和你
与谁相伴
与谁相依
春色满园寂寞远去
青春年华柔情浅议
云雾弥漫笼罩着
花开花谢
不情不愿地走起
浪潮席卷而来的背后
隐藏着狂风骤雨
塞满了心
抛向春去秋来的冬季

生命的眷恋

大地捧出了灿烂

浪漫诉说了爱恋

江河相伴山川

初吻献给了青春的遇见

白云捧出了蓝天

太阳把光洒向人间

相依相恋那是青春的陪伴

生命的眷恋天人合一

大自然的神奇

造化了人类的生存繁衍

震颤的空间

让伟大的灵魂

得以升华成一曲

无声的诗篇

那爱的情感

让人完美结合了

人体与人体相拥几千年

三生三世把情与爱

一点点近距离接触了

那神秘世界的完美

相吻了唇与唇之后

让双眸凝成瞬间的依恋

你与我擦肩而过

你悄悄地走到我身边
就像我偷偷地把你窥探
我与你招手
就像天边的云彩
带你飘过金柳河畔
你的魅影在心头荡漾
你的泪水
带我邀约了月亮
我用模糊的眼睛看着你
遥远的天边

唱着谁的歌度过

黑夜悄悄地打理着寒冷的冬天
风儿慢慢抹去黑暗的夜
走在田野的路边凝视着
天空的月亮慢慢地
走到风身旁抚摸
小草紧紧偎依在
暖暖的大地的怀里
没有了生机
没有了日复一日的度着
岁月蹉跎了
年华里的走过
苍白潇洒的微笑和沉默
倒影的风景还在唱着那首歌

月光

月光落地的声音
我听到了
因为月光每天牵着我的心
月光走路的声音
触碰了我的魂
因为我每天看着
她的眼睛
夜晚的天空静得
让我感觉到月光的吻
划过了天际
我的心紧紧拽着月光的衣襟
因为孤单寂寞的时候
总归有月光的怜悯

虚伪

为了装饰别人的眼睛

满山寻花

黄的

红的

紫的

绿的

黄的虽然美丽

但显得单调

红的给人以热情

但她过于欢乐

紫色似乎给人带来娇媚

同时又缺乏深情

只有绿色才能使人完美

她情感细腻

具有丰富多彩的苍翠

你却遗憾地把她抛弃

途

人生的徒步
很累，踱着
秋色的晚风吹着
吹走我孤寂的云
我想找个山坡歇息
蓦然回首
看到你的手在战栗
苦涩的荒原把秋叶荡起
纵然在唉声叹气
那秋天的风和雨
把那颗冰凉的心抓起
漫长的夜拖着漫长的思绪
把方向丢弃
相爱的泪水
寻找着落幕的那个相依

寒冰

你像一块冰
因为寒才显得透明
思念
渴望
痛楚的怜子
已在无情的晶莹中
因为寒
才能冰住我绝望的情

倾诉

一个人

什么都没了

似乎只有一个小小的地球

有块小小的土地

有一个小小的房子

小小的屋里住着一个人

似乎人间仙境般的美丽

她孤独地走来走去

仍未找到方向在哪里

那流浪乞讨的心

一个人把寂寞的死亡流落街头

有多少凌辱鞭挞了那颗圣洁的心

往事阻断了那思维的自由

把梦境坦白得清清楚楚

那微弱的希望

扯断了回头

把那流血的痕

拴住大树的叶子

飘过去

不管怎样的路径

走吧，一个唯一的理由

就是往前走去

回过头去对着

多年积压的黑暗

深深鞠了一躬继续前去

我哭过

小时候我是个爱哭的小姑娘

农村女孩是那么的没有地位

又是那么的没有人和你亲密

幼小的心灵

只知道自己长得不如意

所以没人喜欢

每天紧闭着不爱说话的嘴

洗面的泪流到角落

尘埃落定

长大后变得如花似玉

春天的季节

花朵绽放了笑脸

把年华的时光

留给了那青春的美丽

蓬勃的朝气四处飞扬

把世界的希望变成了自己

豆蔻年华稍纵即逝

朱颜玉貌的年月里

把爱藏在相思的树洞里

留给那相爱的初遇

下雨的声音

又把相爱的泪

撕碎后放回大地

初恋的甜蜜

亲爱的
你走了
走得那么仓促
走得那么艰难
我站在你的对面
看着你的泪
在微笑里
沉醉了心的相依
你走得没有一丝痕迹
只有我们相爱时
留下的欢歌笑语
我爱你
你在哪里
我顺着你的泪水
走过了我们曾经的雨季
小雨淅淅沥沥
你把雨衣脱下
放在我身上
你的衣服湿了
我的眼睫毛上挂满了水滴
你读书的声音
津津有味地表达了
你爱我的那柔情蜜意
芬芳的花朵
开满我的心扉
我现在看着你

写诗忆当年
我的心碎了
我挥笔写了忆那年
夏春冬秋
那是我们相爱的四季
雷雨狂风呼啸而过
爱情刻骨铭心的
记忆了我和你

孤独泪

你孤独吗
我不孤独
因为我有一段
很长很长的思念
那是青春里曾经找到的
那个无法释怀的
在爱情的故事里流淌的小溪
潺潺流过了多少
沟壑纵横的牵绊
还是忘不了
那初吻把整个生命
奔腾了岁月的留恋
长长的泪吞下了
多少委屈
那荒芜的一生浪漫在梦里
谎言
谎言里藏着掖着自己的喜欢
无法抗拒那青春的步履
相思的泪难以抹去
痛哭流涕的拥抱
撕碎了生命的天堂
相爱的灵魂深处
从此以后
那吻过的泪变得苍凉

静坐

我坐在时光流逝的走廊里
默默地注视着秋风瑟瑟的寒意
树叶飘着裙摆的颜色
那是秋天动人的情歌
时光滑过脸颊的传说
两边的树木花草
都有了你爱着的秋色
静静地看着秋
走过的岁月
浅浅迷人的芬芳馥郁
芳香的花朵
辞了夏的温暖
那细雨绵绵无语的承诺
秋叶边缘的嫣红
和秋色的浅黄
浑然不知
触动了我的魂魄

守候

春天来了
我打起背包开上越野车
打开那首《此生有你》一路高歌
那是心的飞跃
也是梦的芬芳
那是青春里最美的日子
让爱情传奇的色彩
吸引了灵魂
穿透流离失所的日子
把少年的猖狂点缀成美丽的花朵
走进大山深处
把影像录制成奔腾的江河
放在爱过的路上

放飞自己

我带上一路的秋色

放飞自己

开上越野车

踏上了自驾游的路程

跪拜了史学家司马迁的祠堂

跪拜了我一生崇拜的文豪

从韩城龙门出发

触碰了青海湖

那浩瀚缥缈波澜壮阔的

史诗般的传奇

跨越了刚察、海晏、共和三县

吸吮了大自然赐予的

日月山和青海南山

断层挤压的乳汁

我用手捧起

这揩温布的脸

深深地喝醉了

那千万年的恋

初见的记忆

那年月我们选择了相遇

也就选择了永远的记忆

那是青春里最美好的回忆

我的世界里曾经有过一个你

写诗画画把温暖交织在一起

那生命里一生只有一次的传递

灿烂了我们花一样的春季

手拉手吻过我和你

小雨稀里哗啦

漫步了那相拥的雨滴

书店书架旁的影子

浓缩了我们文化的底蕴

贰角钱的电影票感觉了

你吃向日葵的样子

潇洒地挥动了那年的你

相爱了那个相依

那是一种我们曾经的经历

我们邂逅了爱

也就邂逅了

一生的回忆

初恋让心碎过

宁静燃烧了寂寞

火热的心被酸楚抚摸

那是曾经走过

初恋的情魔

风雨同舟的日子

千万年轮回过

相爱的心

欢笑被泪水染过

那初约把树叶变成了

痛苦的漂泊

把风吹得七零八落

在爱过的芬香里醉过

把初恋情人变成了苦涩的星座

挽不回那忧伤的失落

狼藉风沙弥漫了

一路的繁华楚歌

走丢的你

走着走着不见了你的踪迹
爱的路上
我迷失了方向
荡然无存的记忆
原地的狂风吼叫着
我蜷缩在无路的边缘
挣扎着
雨水泪水走在崎岖的路上
仍有血色的泪流过
沉重的脚步
再也没有看到
你的影子来过

等你的时候

那一朵春天的花
迎合了阳光的打理
雨水洗礼了她的心
风儿轻轻地抚摸了她美丽的脸
那东方的太阳
眷顾着美丽的花朵
有一天遇见了王子的泪
她每天更加鲜艳地开放
王子走的时候
泪水抓紧了花蕊
那凋零的枯萎
转身留下了
远远的哭泣
花朵再也没有了笑容
拉着王子走远的身影
寻找着那条泪水流过的情

天亮

天已经亮了
我还在黑色的夜空中挣扎
在旷野里奔跑着
那是黑的夜
打理着似乎有些孤独的心
我还是往前走着
在那不知方向的境地
踏上了沼泽地带的泥泞
越走越远
打湿了眼眶
牵手的心灵邀约了月亮
那段曾经的记忆变得
越来越模糊
越来越深长
青春里遇见的那个人
似乎已经把心拴在了路上

曾经来过

那是夏季最美的斑斓的世界

观摩大山深处

自然风景名胜区的日子里

我踏上了五台山的天堂般的仙境

传说了多少年

经历了大地岁月如梭

编织了梦与那现实的残酷

天使般的翅膀飞翔在天空

飞翔在辽阔的森林山间

俯下昂着的世界

怀抱火焰燃烧后

香浓的烟火蔓延

灵动起来的感觉

跪拜了天地万物复苏的迹象

保佑了灵魂深处的美好愿望

从此也就有了……

你走的时候

记得那天是中秋前的一个晚上

望着那远去的月亮

痛楚撕裂的心淌着浓浓的泪

交织在一起的

你和我铺垫的那段情

眼睛红红的我们

无奈的年龄

不想分开的日子

把碎片的心

碾压得无影无踪

从此再也没有

遇见那个圆圆的月亮

再也没有寻找到那个根

走着走着

不知道是天上的太阳

还是地上的花朵笑得那么甜蜜

让心陶醉了

不声不响地走着

默默无语的感觉

春夏的季节柳树发芽

太阳花迷恋

那个黄色的灿烂

多少年总在悄悄地回到那个地方

那段同窗的路旁

塞罕坝的歌

你倾听了心的呼唤

那是你爱的依恋

揉碎了那牵挂的碎片

把心放在那沙漠流动的草原

憔悴的眼泪

随意感受了风沙的画卷

体味着诱惑的那个思念

听着蒙古音乐的声音

看着那青年男女舞蹈的旋转

塞罕坝的森林

轻轻响起热烈的掌声

那是开拓者创新的期盼

把沙滩变成了绿色的家园

伟大呀

创业者留下了血色斑斑

哭过，走过，愤怒的青春

还是把泪水留给了沙漠

把树的种子一颗又一颗

种上青春的花朵

一辈接一辈

把那绿洲接过

让天空湛蓝

让大地璀璨

秋月

静谧的秋月骚动了夜晚
爬上了我的心扉
打开了那个
不曾开启的门栅
望着窗外
裹在云里的月亮圆圆的脸
你悄悄地走到我身边
抚摸着秋风撩起的蜿蜒
跳跃的身影拨动了尘埃
千姿百态的秋色翩翩
望着窗外
徐徐的秋风
吹拂了月亮的脸

冬天的思念

刺骨的冬天

把大地的冰川

凝聚成盘古的山

拖着素衣美艳的花

落叶在大地的角落

变得黯然

春的脚步悄然而至

恬静的心语与那初春的梦相依相伴

情的旧念与那冬去春来相恋

秋的色夏的颜

醉梦未醒冬逝去

徒步走来的春色

依着冬天的严寒

大地苏醒的脚步

吻别了寒冷的风

慢慢地偎依在绿色的春天

春的雪是冬天的恋

雪却吻了春天的脸

拽着冬天雪地的痕

轻轻地爬上了

大地复苏的摇篮

望着天边那片飘来的缠绵

那是岁月留下的

冬天的思念

开拓者

如此庞大的愿望

携手了蹉跎

你就像神奇的诉说

偷偷地看到了未来世界

闻到了痛的味道

邂逅了最美的天地

让春天的阳光把青春触摸

走进了空旷的原野

谱写了一曲曲英雄的赞歌

慢慢地叩开了

从未开启那爱的天河

你用你那博大的胸怀

把一片片干枯的沙漠

用炽热的手抚摸

唤醒了命运之神

把绿色的希望寄托

那一生的爱给了沙漠

青春的脚步踏遍千山万水

呐喊的声音震撼了大地

把生命的绿洲寄托

那是创业者的开拓

人生的可能

人生有无数的可能

你可能成为音乐家

你可能成为诗人

你可能成为科学家

无数的可能是人生的梦想

也是奋斗的过程

就是说如果你奋起拼搏

把力量的凝聚

放在努力的路上

让汗水泪水淹没追求的沧桑

把改变命运的轨迹

让你的时间延长

昼夜交替的晚上

披着星星和月亮

把大山的轮廓

描绘得淋漓尽致

在地平线上扬起风帆

把那骄傲的豪情点燃放大

挤出神奇的画面

改变自己

改变命运

让微笑的声音

定格在自己手里

辉煌的人生举起扬鞭

踏着沟沟坎坎力挽狂澜

把人生点亮
把可能实现
留下你生命里
没有遗憾的那片天

一头小牛哭了

山里人有一个传统
那就是过年的时候
全寨子杀一头牛
分给各家各户
这天村里的男人们
都要来村委会
那头牛拴在那里
人们陆续都集合齐了
没有一个女人
山里有个民俗
女人们不能看见杀生
远处一个老人拿着刀走来
坐在牛的面前
弹起了彝族音乐
据说这是给牛祈祷
那头黄牛似乎明白了音乐的旋律
对着山上叫了起来
刹那间一头小牛飞奔而来
依偎在妈妈的怀抱
小牛跪在大牛的身边泪流满面

一昼夜

清晨
路边的一朵玫瑰花瓣
仰面期盼着露珠的浇灌
中午
莲池里有片从水里走来的荷叶
享受着阳光的温暖
黄昏
微风吹拂的一棵小草
盼望着月亮的陪伴
午夜
失眠的星斗眨着眼睛
把夜空留恋

呼唤

我呼唤绿洲的时候

绿洲变成了一片荒原

我呼唤大地的时候

大地变得沟沟坎坎

我呼唤月亮的时候

乌云把它遮掩

我呼唤高山的时候

高山变成了深渊

我呼唤信鸽的时候

它已飞得很远

我呼唤你的名字的时候

你已不在我身边

思念

八年离别思断肠
虽无缘
却难忘
遥远孤独
难诉衷肠
即使相逢
夏天的容颜
也结上了秋天的霜
电波传情泪雨淌
问君是否忘了
那中秋的月亮
为何不寄半句诗行

冬天

邪恶的黑云

吐出歪曲的狂风

不断地袭击着

一座卧在雪地里的山峰

任凭残风败雪的摧毁

它依然悠闲自得

生存在大自然

依然把干裂的躯体支撑

伸出一双坚强的手臂

和大地握在一起

凝聚成挺立的刚毅

回旋

一封诗书两地牵

音弦弹奏三四天

五六天前望眼欲穿

七八天积攒九个小思念

十日未见仙云还

百系千连何时剪

痴绪零乱万般残

万千思念聊不完

百十九不闲

八月桂花问苍天

几日月圆人也圆

七月牛郎啼织女

蜡炬成灰泪始干

夏日炎炎六月天

心底河里冻冰川

五月花开雨绵绵

枯树干在四月间

三月依依二月盼

一字小诗读到涟漪边

半截的女人

她原本是一个女人
锋利的婚姻变迁
削去了她生命的一半
成了半截的女人
咀着凄凉的线条
拽着寂寞的长堤
背着一个传统的符号
压得她奄奄一息
一半恨一半怨
人们遗忘了她
晴天的时候
流血的身上
总是忐忑的
捧出一片新意
天上的星星笑了
水中的月亮笑了
都在笑那变迁的锋利

不能忘记老地方

不能忘记老地方
小脚丫深深地扎入
那泥土的芬芳
一把鼻涕一把泪
轻轻地轻轻地打在
你那黝黑的脸上

不能忘记老地方
绿油油的堤坡上
垂柳白杨
飘着乡间的尘埃
风吹打着绿树沙浪
摇荡着我童年的梦乡

不能忘记老地方
长长的子河畔
游动着那低头
吸吮绿汁的牛羊
河水静静地流淌
任凭船夫吆喝拍打着胸膛

不能忘记老地方
我坐在白云上
瞅着蓝天遐想
古老的村庄
童年的故事
铺垫了流年的欢乐和悲伤

迷恋

很久以前迷恋你

那种依恋变得黯然

从容的我擦过你的肩

悄然走过海的那一边

寻找从前留下的脚印

是否还在浪打的沙滩间

没有了脚印

没有了瞬间

也就没有了迷恋

我站在沙滩上

遥望海的另一边

永远的痛

在那迷茫的孤独面前
寻找着那孤独的痛
在你痛过之后
把那孤独的心灵
提升到人生境界的高度
回过头来发现那磨难的痛
历练成从未有过的人生
旅程伴着永远的痛
那个痛放在地上
会化作水在空中飘零
那个痛如果放在心上
就凝成沉重
角色里每一个人都有过痛
那痛苦的瞬间
会燃烧你内心的独白
难挨的日子
你会发现其实也没有那么痛
从此你会征服那个痛
从未有过的坚强意志
把消沉当作一种
力量的源泉
喷发出你的潜能
历练了那个痛苦的过程
让人格魅力吸引了众多的眼睛
让人生学会奔腾

雨水陪着泪

春天的花朵开得那么鲜艳

在树荫下乘凉聊天

摆放出那副高调的样子

太阳望着天空的颜色

把彩虹的色彩

慢慢展开激烈角逐的光线

迅速碰撞了大地

那柳萌树旁

那风的旋涡

轻轻掠过光的脸

云朵睁开那蒙眬的睡眼

看看天空的湛蓝

穿上衣服把空间打扮

乌云遮住了那亮的高度

哭着的感觉把心酸的泪

渐渐地泡在小雨冲刷的沙滩海边

小雨走在街上

遇到了泪水

触碰得体无完肤

泪流过后的忧伤

把春天留下的印记

划过天际放在云端

没有了阳光

没有了蓝天

会在奔跑的路上

越走越远

雨水泪水坐在海滩

让散步的浪花青睐羡慕

爱的声音

我愿意我愿意
我是一条河流
我愿意我的爱是一只小舟
我用我的身躯
轻轻地拽着他
在我的脊梁上慢慢地游荡

我愿意我愿意
我是一条小船
我愿意我的爱
坐在我的船上
看着我的眼睛

我愿意我愿意
我是一片草原
我愿意骑上一匹白马
让我那洁白的爱
坐在我的身边
悄悄地告诉我
他也是那么爱我

我愿意我愿意
穿过千山万水
来到我们相爱的地方
去看那青春的模样

我愿意我愿意
经历沧桑托起太阳
为我的爱筑起阳光
明媚的日子总会有
那么多期待与感动的盼望

我愿意我愿意
我们的爱
在爱情的花朵里绽放
我愿意牵着
我们的爱走向爱的天堂

心中的土地

敬慕你

绝不像晨水的露花

我背靠你

绝不借宽阔的胸肌

爱恋你

绝不像一只飞来飞去的小鸟

站在你的背上

叽叽喳喳地叫个不停

我要像一棵小草

深深地长在

你淳朴的心里

温暖着你历经沧桑的肌体

你没有语言

却能听到你的呼吸

小草与田野

紧紧地拥抱在一起

土与根相融

在大地在天空

不管是狂风和暴雨

我们的心连在一起

虽未感叹

悄然而去

你欣赏我虽小

却有着强大的生命力

欢声笑语

仿佛是团聚

仿佛是分离

你我日夜相伴

终生相依

凝固在这里

我不但爱你的山川壮丽

更爱你

那扎根足下的血肉之躯

沸腾江河的土地

女人

她亭亭玉立时
与一个不相爱的人结了婚
从此也就送走了
那颗春天的蓓蕾
那年月
日子过得好艰难
她没有了笑
笑弃她而走
瞳仁的小溪潺潺而流
昔日的苹果变得枯槁
可她是个真正的女人
真正的女人就该有男人
才算得上是完整的人
因为她有堂堂正正的家
月牙转来转去
她累
他也累
他是男人
是男人就不能没有爱
她离他而去
她不离开他会苦死
她恨戏弄婚姻的人
她恨没有感情就结婚的人
她的手抓破衣襟
抓破胸膛，满身的血
她离他而去

150

她欢喜成一片绿洲

但背后铸成了一座大山

她还是没有笑

从此她再也不是

一个真正的女人

她再也不是

一个完整的女人

相遇

岁月的记忆是那么飘离
时间的相遇
又是那么难以忘记
背着沉甸甸的岁月
飘着山，流着水
扭动着歪曲的影子
掠夺了苍凉的相遇
留下了那泪痕磨砺的欢喜

拥抱

也许我用一颗善良的心
拥抱你那颗善良的纯
就会融化你那冰冷的心
也许我用真诚的温暖
拥抱你那凝固的消沉
就会把你的淳朴
与我的善良拉近
也许就是命运的安排
让我认识了你
认识你那么简单
简单得没有任何痕迹
也许这是缘分的命运
让我梦里牵魂
默默地承受着寂寞的呻吟

婚姻真诚

婚姻原本是真诚的
事态的变迁
效益的成就
财富的魅力
诱发人们真诚的一半
丢在废墟里
虚伪的面孔变得狰狞
白娘子许仙已不存在
陈世美似的人物风靡全球
婚姻拍卖畅销时代
真诚没有了地位
婚姻也就没有了
爱得死去活来

婚姻线条

孩童时会遐想

大哥大姐模样

到了大哥大姐模样

会不加思索地爬上围墙

探探虚实，匆匆忙忙

缝隙角落搜它个昏天黑地

才彷徨地爬出了围墙

拣回孩童的梦想

抻着半截的时光

背起路途的苍凉

追逐明天的太阳

婚姻杂质

婚姻的本质是纯洁的
杂质原本是外来物
远古的东西
渗透着激进
本性的骨子里
流着符号的血
虚伪的玩偶
定位时带着棱角
善意的手梳理着婚姻
大气云层的杂质
冲破烟云
婚姻的几何性变得脆弱

笔尖上的疯狂

源远流长带走了墨汁的沧桑

书写了龙飞凤舞的理想

谁知醉酒不醒的疯狂

苍劲刚健穿梭了大街小巷

超脱了世俗喧嚣的高昂

笔势放纵了浪漫的灵魂

笔尖牵着太阳抻着夜空飞翔

伟大的书法雕刻了大师的辉煌

观赏之余随着墨汁的海洋

走进了那苍穹延伸的大地上

泰山五岳之尊

我站在泰山玉皇顶

看到我们的祖先

黄帝登上泰山

舜帝巡狩泰山

千古一帝秦始皇

带着儒家弟子

从南山深处开辟了一条

通往玉皇顶的平川

通天帝国的遐想

创造了史无前例的封禅大典

汉武帝八次登上泰山

携手霍去病之子霍子侯

独登泰山

并设立了泰山顶峰无字碑

两千多年来

那宏伟的无字碑

仰望天际与星空相恋

啊

泰山你高大的身躯

庞大了山顶与森林

让苍松挺拔在你身边

让历史悠久的传统文化

历代帝王将相的经典名言

站在你巨石的脚下

踩着六千多个台阶

登上南天门

达到玉皇顶

大地宇宙吸吮着

你繁茂的唇线

你峭壁悬崖

我的思绪随着红门的台阶

缓缓前行

通往天国的路上

汉武帝登泰山封禅

彰显了国泰民安

泰山伟大的恩赐

影响了几千年

我站在玉皇顶上

看到大海泛起波澜

坐在无字碑前

那汉武大帝

统一大业的历史渊源

多少仁人志士披荆斩棘

带着星星坐在你的肩上

阻止了那躁动的心

静静地蛰伏着追求的幸福

那羞涩的微笑

悄无声息地

从东方露出一道灿烂的笑脸

彩色的笑容

把整个天空变成红色

东岳泰山展示了

那巍峨的壮观

故乡的炊烟

回家的路上

走进大山

翻过了一座座

我熟悉的山涧

脚下那溪水潺潺

那是儿时爬过的河湾

每天清晨醒来

坐在山头看着村庄缕缕炊烟

升起挂在树上

长满雾珠手链

看着山下一排排

攀爬的房屋缀满山岩

那是大山深处隐约透露着灯光闪闪

让夜幕降临的样子

把大山埋在星空

不知道是星星

还是悬挂的山湾

我的童年记忆了原始森林

我曾经迷路

让我的眼泪

打湿了双眼

雨季的思念

把泥土的山坡

淹没得无法辨别

那古老的梯田

小雨偷偷淋湿了

我记忆的碎片

我远远望去家乡

那座老虎山满满的青烟

袅袅升起围着天际转

一下子把我的思念

变成了加快的脚步

急急忙忙赶路绕山前

我的家我的山我儿时的玩伴

浮想联翩

欧洲行

欧洲的火车伸向每个国家
人们牵着心爱的狗儿
坐在奔驰的列车上
回到自己的家园
那些乡村的姑娘小伙子们
骑上自行车
去那个神秘之都维也纳
买些自己喜爱的衣裳
轻轻地把自行车放在奔驰的列车上
带着美丽的姑娘
回到森林密布
优美绿色的村庄
那狗儿也静静地遥遥相望

他等她

他说他爱她

她也爱他

她告诉他别等她

他说等着她

她走出了大山

他坐在山头望着天空

那朵飘浮的云

星星听着他的呼唤

一个雨夜的晚上

他又坐在那个山头上

淋湿了衣裳

穿透了思念的遥望

寻求月亮的祝福

把思念送给了

夜空中最美的北斗星

希望北斗星

带上思念去找他爱的姑娘

他消瘦了季节的变化

小草又发芽

小花又长大

小鸟来到那个山头

看着叹了一口气

还没有看到美丽的姑娘

天蓝了

草绿了

大地回春了

他拄着拐杖
又来到了山头上
还在等那个姑娘
看看北斗
有没有带回他思念的花朵
茫茫流泪的眼睛
望着阿扎河的源头
老虎山是他出生的地方
他的姑娘从小鸟变成了凤凰
飞向远方
他的泪水在阿扎河里流淌

精神的家族

所谓的精神家族
就是两个相爱的人
心紧紧地联系在一起
深深地相爱着
那是灵魂的永恒
默契的声音
表达了两个相爱的人
那颗包容的心
爱得真诚
一生一世紧紧相拥
不离不弃
把那爱过的曾经
包裹得严严实实
放进两个角落里
偷偷地告诉自己
那是爱了一生
不可辜负的那个情
感动了相遇
珍藏着相拥

维也纳之旅

我独自走在维也纳
铺满了马赛克拼图的街道上
静静地看着街上的模样
只有我脚步的节拍
在奏响古老建筑的音乐之都
伴着古老的文化
顿觉得神奇的世界里
碰撞了莫扎特小夜曲的旋律
伴着时空的星辰和月亮
我路过了斯蒂芬大教堂
来到了普拉楚塔餐厅
品味了嫩嫩的牛排香
坐在维也纳国家歌剧院的台阶上
沉思了两位建筑师崇高的思想
走过美泉宫的博物馆
茜茜公主住过的地方
来到了维也纳城市公园
那里有华尔兹之王
约翰·施特劳斯的镀金塑像
听着约翰·施特劳斯的圆舞曲
我坐在金色大厅里
聆听了约翰·施特劳斯的后人
维利·施特劳斯演绎和诠释的约翰·施特劳斯圆舞曲
在这座城市里
我虽然独行流浪
却抚触了生命中
最美好的时光

爱的远方

我记不得什么时候
认识了你
也不记得什么时候
爱上了你
常常听到远方的声音
呼唤着我
纯净的心
似乎让我感动
那远远的笑声传递了温暖
柔和的灯光伴着夜空中
那闪烁的星星
悄悄地从远处靠近
坐在月亮照亮的地方
等着我远方的远方
把思念的心放进湖畔
让爱顺着风吹过的地方
把距离缩短
那爱的声音用炙热的手
抓着缕缕阳光
铺满你的胸膛
站在高原上
看着爱情圣地
洱海的云朵荡漾

两个人

你人在
我心在
那树林还在
人走了
目光还在
人来了
心也来了
多年后远去了
无声无息不能相遇
弯弯曲曲的路还在
两个人还在路上

远去

走得那么匆忙

走得那么无声

总在牵挂着，牵挂着

属于别人的心

走着走着

回头望去

远方的风景

似乎模糊得那么迷人

那条路那雨季

那笑声那话语

那面对面的惬意

把诗歌写成泪

让心远去

唤醒沉睡的生命

生命淌着泥泞
走在月光下
带着那春梦无痕的霓虹
漂泊在沧海横流的岁月里
那是泪的争鸣
哭泣的声音震撼了夜空
夜色的风敲打着窗棂
却唤不醒
那粉红色的梦
多少执着的谎言
辜负了那春的柔情
今夜让萌动的蓓蕾
牵着花骨航行
吻化那跨越前世今生
唯一途经的寂静
紧紧抓住被抛弃在街头
诱惑了多少讽刺的身影
悄悄地打压着内心的愤怒
偷偷放进灵魂惊到苍生
那沉睡了万年的冲动
让春天的气息
弥漫着淡淡的宁静
唤醒那欲哭无泪的争鸣
默默地吹着箫笙
让跌跌撞撞
托起挺立的苍松

从此洒上明媚的笑容
沉睡的梦
抓住千万只手
抚平那千万颗心灵
弯腰捡起一片荒凉的曾经
撒向天空化作繁星
吻醒那沉睡的生命

清晨阳光

我在睡梦的清晨
有一缕阳光照在我的脸上
轻轻地拍打着翅膀
飞翔在我的身旁
阳光明媚的笑容对我讲
去阳光温柔体贴的地方
体味爱的滋养
我揉揉眼睛
随着太阳来到了草地上
打滚的小草
在微风吹拂下荡漾
我沐浴着阳光
灿烂的心
在阳光下
透过天空看到
瀑布倾泻而下的
海一样的浪
梳理着我的思绪
不知不觉间
遥望了那光的芒

托起快乐

我现在穷得
只剩下快乐的唱响
每天快乐得像彩虹的阳光
快乐似乎比起忧伤的云朵
更加温暖舒畅
我时常坐在草地上晒着太阳
快乐的小草会在我的身旁
看着阳光的脸把头扬
我的笑容会快乐地
亲亲小草的脸庞
抚摸着小草的胸膛
翠绿的颜色
轻轻抱起
那缕缕阳光
欢快的气氛
会给我唱歌的欲望
唱着那首往日时光
伴着童年的梦想

飞翔的翅膀

一只小小的蝴蝶
在花丛里
寻找着属于自己的世界
如果没有那花丛中
翩翩起舞的蝴蝶
花儿显得不那么迷人
有了花儿的绽放
似乎蝴蝶也是那么的伟大
小草很渺小
当它把根深深地扎入
土壤和大地拥抱在一起
也就变成了浩瀚无垠的大草原
我的心孤零零地跳来跳去
这颗心和另一颗心连在一起的时候
它会拥有强大的力量
万物生灵的世界里相遇了天和地

春天的太阳

你轻轻地
跟在春风的后面
悄悄溜过
树梢的边缘
撕下一缕阳光
撒向广袤的大地
拥抱那
冬去春来的鸟语花香
那缕阳光
让阴霾的角落
放弃了所有的忧伤

那一天

那一天我把心
放在了那片土地上
小心翼翼地看着你
我又把心放在
一片白云的尖上
然后我轻轻地转身
走在那陡峭的悬崖边
抬起头看着山的那边
海的中央
太阳打在我的背上
倒出几片黑黑的点
始终也没有抓住太阳的脸
拽不住那光的线
我望着他去的方向
也没有光的打点
颤抖着双手紧紧抓住
那个我和他爱过的
属于我们走过的路
回头看看我的心
还在那片飘浮的云间

叹

风儿轻轻地
把一朵鲜花
吹得七零八碎
花瓣儿流泪的脸
仰面朝天
雨儿问风儿
你损了花的颜
风儿说
我走过时
花儿没有遮掩
雨儿又问花儿
为什么不离开
风儿吹残
花儿说
岁月的沧桑
难把颜掩……

生命交融的爱

生命的泪
把交织的爱融入了
那个痴痴的情
带着断肠的愁容
望着那遗梦的迷蒙
风雨飘摇的夜
等待了很多年
就是曾经的拥有
一生只有一次的
撕裂心头的那份爱
两颗用生命拧在一起的心
永远！永远
不能相见的那份情
生命的梦

晨曦

阳光透过窗户翻过了床
静静地坐在我的身旁
抚摸着我熟睡的脸
我伸出懒懒的手
拽住它的衣襟
拥着吻着
暖暖的心热了

爱的瞬间

我是漂泊的一朵云

有时站在你的对面

看着你的眼睛

你不必惊讶也不必在意

在转瞬间我消失在原野里

你我相逢在梦境的夜里

只有那擦肩的奇遇

你走你的路

我走我的路

走进那茫茫的云烟里

你记得也好

你最好忘记

那只是落叶的孤寂

流泪的眼睛映红了太阳

我走了

走得那么匆忙

在大海的边上看到了

海鸥在飞翔

我的梦想

就像海风轻轻吹着海洋

在空中飘荡

我站在海的浪尖上张开翅膀

四处张望

哪里有我靠岸的地方

年轮的寻觅

束束鲜花拥年华
云飘楼阁无人家
相思清风无人语
不是知音不落花

访牡丹

牡丹花开争斗艳
相拥奔放留人间
花瓣花卉千般好
瞬间留梦恋青莲

胭脂泪

魂销华年酒未醉
凝眸山关心欲碎
春愁秋怨月未圆
银汉何堪负秋水
推窗不见北归雁
闭户胭脂镜为谁
自顾孤影无彩翼
伤痛素笺泪泪泪

凄美

好梦难做也难留
绸缪灯火阑珊处
卷帘望月似温柔
独有凄美境边留
一夜红楼下仙洲

一夜梦

昨晚未眠夜空空
你不出声欲东风
星星点缀相思泪
嫦娥奔月任我行